Schwäbische Fundstücke

aufgesammelt
von
Birgit Pape-Thoma

mit Illustrationen
von
Alain Kojelé

© 2024 Birgit Pape-Thoma
Herstellung und Verlag:
BoD – Books on Demand,
Norderstedt
ISBN: 9783759734228

Vorwort

Nach mehr als zwanzig Jahren in NRW und Frankreich haben mich nach meiner Rückkehr ins Schwabenland das Schwäbisch und der schwäbische Humor fasziniert und begeistert. Ich habe daher mit Freude aufgeschrieben, was ich so hörte und was mir an Anekdoten erzählt wurde. Ich hoffe, dass meine Fundstücke den Leserinnen und Lesern ein Schmunzeln ins Gesicht zaubern!

Samstag auf dem Wochenmarkt

Der Wurstverkäufer packt die Scheiben Kassler ein und fragt: „Was machet Sie denn dozu"?

Käufer: „Sauerkraut ond Schupfnudla."

Verkäufer: „Was für Schupfnudla: Vom Bürger?"

Käufer: „Ja."

Verkäufer, mit Blick auf die Begleiterin des Käufers: „Sie hen so a hibsche Frau! Die kann die Schupfnudla doch selbr mache!"

Begleiterin: „I ben abr koi Schwob!"

Verkäufer: „ I kann au Kompjuder on i ben a Schwob!"

Cappuccino

Morgens im Café. Die Ehefrau ist sich nicht sicher, was sie bestellen soll.

- „Wenn i jetzt an Cappucino drenk, moinsch do kann i heit Nacht schlafa?"

- „I glaub scho. Wenn net, dann hau i dir des Wellholz uff's Hirn.
Da schlafsch scho!"

Das Alter

- „Grüß Gott, Herr Schepperle! Wie goht's Ihne denn?"

- „Mir goht's guad! Abr Hoch- ond Seitensprüng mach i nemme..."

Spitznamen

Ein kleines Dorf. In der Dorfkneipe trifft sich der Stammtisch. Die Männer stellen fest, dass jeder einen Spitznamen hat. Außer einem, der sehr stolz darauf ist:

- „Älle hen a Spitznama, blos i ben da oizig der koin had!"

Das hätte er lieber nicht sagen sollen, denn von nun an hat auch er einen Spitznamen:

- „Jetzt hosch au oina: du hoisch ab jetzt Daoizig!"

Ehe-Leben

Der Ehemann zweifelt an der Treue seiner schwäbischen Frau:

- „Hast du mich betrogen?"

- „Moinschd?"

- „Warum antwortest du nicht?"

- „So hald..."

- „Lüg mich nicht an!"

- „I sag net älles. Aba i lüg di net a!"

Gespräch mit dem Bauer auf dem Feld

Der Bauer macht den Traktor aus und erzählt:

- „I han iber zwoihondert Hihner, fuffzig Hasa ond oi Rendviech. Des isch saumässig stark !"

- „On wieviel Fraua hosch?"

- „I han nur oi Weib. Mei Weib secht emmer, wenn du noch oine kriagsch, dann kannsch se bhalda! I kriag aber koine meh. Neilich wor i uff am Feschd. Do waret hoisse Fraua! Minireck, Netzstrimpf, rod gschmingde Libba, woisse Blusa. Ond die Ausgleichs-gwicht vorne hochgschdelld, dass sie faschd aus da Bluse naus ghageld send. So hoiss! Aber mei Weib hod au was davo ghed: i han mir ja blos Abbedid gholt, veschbert han i dahoim!

Aba woisch, nach dreissig Johr Ehe isch des nedd imma so oifach. Mir gods wie meim Hond. I han zwoi Collies ond wenn dia em Stall send on mei Weib kommd rei, denn mached dia nix. Aber wenn a fremde Frau rei will, dann stelled dia sich sofort uff ond belled. So isch des bei mia au: Bei meim Weib macht moiner au nix. Aber wenn a fremde Frau kommt, dann stelld er sich soford uff!"

Ein Glas Wein

Beim Stammtisch:

- „Nimmsch no a Woi?"

- „Noi, wenn i z'viel Woi drenk, dann ko i net schlofa."

- „ Bei mir isch des omkehrt: wenn i schlof, dann kann i koi Woi drenka!"

Das Alter 2

Gespräch zweier Herren:

-„Grüß Gott, Herr Bliemle, wie goht's ?"

- „Naja, i ben grad 80 worda."

- „Send se froh! Dann könnet Se scho nemme mit 78 sterba !"

Gesundes Essen

Zwei Frauen unterhalten sich über ihre Ernährung:

- „Ich ernähre mich immer gesund."

- „Wie machsch des denn?"

- „Heute gibt es bei mir nur Salat."

- „Bei mir au."

- „Oh, schön! Was für einen Salat machst du denn?"

- „Schwäbischa Wurschdsalad."

Sommerhitze

- „So a Bollahitz! Des isch ja nedd auszumhalda! Was mached Ihr denn bei derra Hitz?"

- „Mir lieget zu dritt uff'm Soffa"

- „Zu dritt???"

- „ I, dr Paul ond dr Miefquirl…"

Sex

Zwei ältere Herren unterhalten sich:

- „Na, wie sieht's denn so aus?"

- „Älles okay"

- „ Ond sonscht so?"

- „Passt scho..."

- „Läuft bei Dir denn no ebbes?"

- „Ha jo. Aba net stationär, nur ambulant."

Organspende

« Hoit ben i beim Dokta gwä. S' isch älles in Ordnung. Aba er sagt, mei Herz isch z' groß. Aba des isch doch gschiggd : Wenn i amol mei Herz spenda will, dann schneidet mers oifach in da Midde durch, da reicht's für zwoi ! »

Samstag auf dem
Wochenmarkt 2

Am Käsestand:

Käuferin zeigt auf einen
„Trollingerkäse":

„Wenn man ein Kilo von dem
Trollingerkäse isst, ist man dann
betrunken?"

Verkäuferin: „Des hängt davo ab,
wieviel Trollinger Sie dazua drenket!"

1. März

Das Ehepaar sitzt gemütlich auf dem Sofa. Die Frau blinzelt ihrem Gatten zu:

- „Heut isch da 1. März, Tag des Kompliments."

- „ Aha."

- „Hosch koi Kompliment für mi?"

- „Doch!"

- „ Sags!"

- „Die Wurschdrolle rond om dei Ranza isch richtich lecker!"

- „Lecker?"

- „Ha, du woisch doch, dass ich Wurschd gern mog..."

Im Mineralbad
Bad Cannstatt

Das 18°- Becken ist außergewöhnlich trüb und hat weniger Kohlensäure als sonst.

Ein Badegast: „Ha, des isch aba komisch heit des Wassr!

Eine alte Dame: „I glaub, do han oifach zviel neibronst!"

Das Alter 3

Der Nachbar wird 75.

- „Alles Gute zum Geburtstag! Und? Wie ist es mit 75?"

- „Isch wia jedes Joar. Bloß amol isch's halt s'leztmol!"

Nicht frech sein

In der Straßenbahn. Ein Jugendlicher hat seine dreckigen Füße auf den Sitz gegenüber gelegt. Einem älteren Fahrgast passt das nicht:

- „ D' Fiass uff de Sitz lege, des isch verboda !"

- „Ist mir doch egal. Ich mach, was ich will!"

- „I au! I hau dia glei oine uff d' Gosch!"

Rund ums Essen

Zwei ältere Damen unterhalten sich:

- „Was kochsch du denn morga?"

- „Morga früh gang i zom Dokta. Des volle Programm! Da han i koi Zeit zom kocha. Da schlecket mr d' Wänd ab…"

Leckerer Wein

Ein älterer Mann beim Silvester-Menu in einem feinen Restaurant:

„Trollinger isch a Woi zom Fiaß wäscha ond net zom drenka!"

Samstag auf dem Wochenmarkt 3

Am Gemüsestand: Eine ältere Verkäuferin bedient, der ebenfalls ältere Verkäufer unterhält sich etwas abseits des Stands mit jemandem.

Kundin zur Verkäuferin:
- „Ha, so isch's recht: d'Frau bedient ond dr Ma schwätzt!"

Verkäuferin:
- „Des isch net mei Ma! Des isch mei Scheff!"

Kundin:
- „Ha soo!"

Verkäuferin, leiser:
- „Wenn des mei Ma wär, den hädd i scho längschd verschossa!"

Gespräch über'n Zaun

- „Na, Herr Nachbar, was gibt's denn Neues ?"

- „Nix! I han vom Alde no gnuag!"

Nach der Operation

- „Na, wie fühlschd du di jetzt?

- „Es geht mir immer besser! Aber ich kann noch nicht viel machen."

- „Brauchsch ja au ned. Ruh di halt aus! Zong in da Gosch romdalge ond da Arsch breit drugga, des langd!"

Bald in Rente

Zwei Frauen unterhalten sich:

- „Mei Mo isch am nexta Monat au in Rente."

- „Des isch abba schee!"

- „Na des wird ned so oifach."

- „Wieso? Da kenned ihr doch schee ebbas zsamme macha!"

- „Na ja, aba 's wird au teurer. Alloi was ma do mee Klopapier brauchet!

Arbeiten

Zwei Bauarbeiter machen eine Pause und plaudern. Einem älteren Herrn gefällt das garnicht::

-„Schaffa! Ned schwätza!"

48

Schönheit

Die Nachbarn unterhalten sich im Treppenhaus:

- „Hosch du de neie Nachbarin scho gsäh? Whao, isch die schee!"

- „Schee bled isch die! I han der zehn Minuda lang de Kehrwoch erklära missa!"

- „Schee bled isch au schee!"

Ein alter Mann

Zwei alte Damen unterhalten sich:

- „Ond wia geht's dem Paul ?"

- „Oh je, der isch total down! Gestern war er scho total down. Der hoggd nur noch uffm Soffa. I hädd nie denkt, dass i amoal so an alda Ma hädd."

- „Dann nemm dia doch oifach an jonga!"

- „Ha noi! Den braucha mia noch voll uff!"

Fische

Die Nachbarin an ihrem Gartenteich:

„Diesr Wendr isch so warm, dass de Wassapflanza scho wachsed wia sonschd em Friehleng. Des Wassr isch so warm! De Fisch hen au scho Babies kriagt. Dene gfällt des Wassr, die pimpern wia verrickt!"

54

Im Mineralbad
Bad Cannstatt 2

Im 18° kalten Becken:

Ein älterer Herr zieht geruhsam seine Runden. Ein fröstelnder jüngerer Mann mit nicht geringer Körperfülle steckt erst seine Zehen ins kalte Wasser, dann ein Bein bis zur Wade. Schließlich stürzt er sich mutig ins Wasser und macht gewaltige Wellen.

Der ältere Herr:
- „I han net gwisst dass es hier au Tsunamis gibt!"

Luxus-Kreuzfahrt

Nach dem Tod seiner Frau hat der ältere Herr neue Pläne, die er seinem Freund vorstellt:

- „I han grad a supr Kreizfahrt bucht. A Abenteuer!"

- „ Oh, wo goht's denn na?"

- „ Oimal om d' Welt, vier Monad lang! Ond des in oina Luxus-Suite med älles drom herom!"

- „Des isch abr b'schdimmt ned billich."

- „Noi. Darom hoisst des ja au Abenteuer on ned Abenbillich!"

Apfelmost

Jeden Morgen um 4Uhr geht er auf die Streuobstwiesen rund ums Dorf, die aber nicht ihm gehören, und sammelt Äpfel ein. Abends bringt er sie dann in die Mosterei.

Dem Chef der Mosterei passt das garnicht:

- „Jeden Dag dasselbe mid dir ond moine Äpfel! Morgens schdiehlsch mir's ond abends muss i's dir wieda abkaufa. So goht des nemme!"

Seitensprünge verhindern

Die Frau ist eine gute Köchin, und in all den Jahren des Zusammenseins hat der Mann ordentlich zugenommen. Ihm passt das anscheinend nicht so:

- „Du hosch mi versaut fürs Leba!"

- „No brauch i scho nemme so uff di uffpassa!"

Erstmal nüchtern werden

Der Patient hat ein Problem und lässt sich beim Arzt untersuchen. Der kann aber nichts finden:

- „Eigentlich ist alles in Ordnung. Wahrscheinlich liegt es am starken Alkoholkonsum...“

- „Okay Herr Dokta, dann komm i amol her, wenn Se wiedr nichtern send...“

Vorne flach

Ein junger Mann ist irritiert. Seine Freundin trägt ein Oberteil mit tiefem Ausschnitt. Im Gegenteil zu ihren Bekannten ist ihre Oberweite sehr flach:

- „Du hosch a Brischdle wie wenn a Maus a Feischdle machd..."

Schriftlicher Gruß

Zwei Frauen verabschieden sich.

- „Sag deim Ma en scheena Gruoß!"

- „Wenn i zu Wort komm ond er mi mal schwätza lässd, dann werd i's em ausrichda! Sonschd schreib i's uff en Zeddl ond leg's ihm na. Dann ko er's lese, wenn er's will."

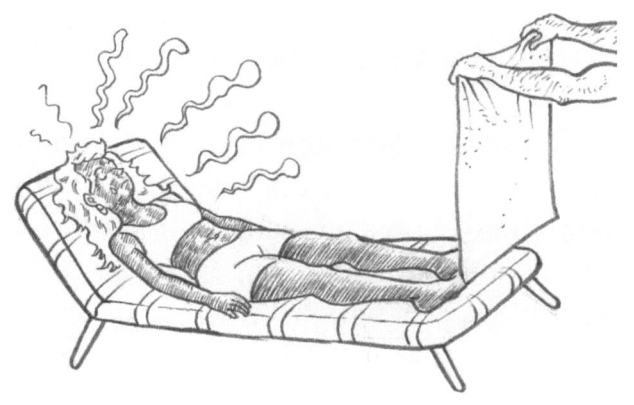

Sommer-Hitze

„Mann, isch des hoiss! Nachts om zehne no 30 Grad! Ond wia die älle in dr Sonne brutzeln dän. Ich han oine gsäh, die war so donkel, wie wenn sie nem Schwarza Konkurrenz macha wollt. Total vabrutzelt! Ond die war no jong. Jetzt stell dir die mal vor mit 50: Da musch ja a Handtuch driaber lega...“

Motoradfahren

Zwei ältere Männer sind mit ihren Motorrädern unterwegs. Auf einer kurvigen Straße ist einem der beiden das Motorrad aus der Kurve gerutscht. Dem Fahrer ist nicht viel passiert, aber die Maschine ist ziemlich ramponiert.

Sein Kumpel, der fast auf ihn aufgefahren wäre aber gerade noch ausweichen konnte, sieht das realistisch:

- „ A bissle Schwund had mr emmer!"

Kaffee und Wein

- „Wie machsch des, dass du den ganza Dag durchhälsch?"

- „Des isch oifach: I drenk drei Kaffee zom Aufwacha ond zwoi Flasch Woi zom Wachbleiba!"

Geburtstag

- „Herzlichen Glückwunsch zum Geburtstag! Wie alt bist du jetzt?"

- „I ben 75. Aba i werd 120!

- „Wieso willst du so alt werden?"

- „ I ben a Schwab, i will möglichst lang von meina Rente profitiera! Ond die Rentakasse muss zahla!"

Weihnachtsbaum kaufen

Überraschung am Eierautomat::

- „Ha, ihr könnet net nur Eier? Des hab
i net gwisst!"

- „Ha noi, mir könnet au
Weihnachtsbeem!"

Inhalt

Ein herzliches Dankeschön an alle, die mir beim Aufsammeln dieser schwäbischen Fundstücke geholfen haben!

Birgit Pape-Thoma

Und wer mal Lust hat, Nichts zu lesen, dem empfehle ich:

Birgit Pape-Thoma
NICHTS
NICHTS und NICHTS
Das ultimative Nichts-Buch
Books on Demand